MIRA

MICHAEL GREJNIEC

Traducido por Alis Alejandro

EDICIONES NORTE-SUR / NEW YORK

First Spanish-language edition published in the United States
in 1999 by Ediciones Norte-Sur, an imprint of Nord-Süd Verlag AG,
Gossau, Zürich, Switzerland.
Distributed in the United States by North-South Books Inc., New York.

Library of Congress Cataloging-in-Publication Data is available.

The art was painted with Holbein watercolors on Colombe paper.
The color separations were made from transparencies.

Book design by Michael Grejniec

ISBN 0-7358-1207-1 (Spanish paperback)
1 3 5 7 9 PB 10 8 6 4 2
ISBN 0-7358-1206-3 (Spanish hardcover)
1 3 5 7 9 TB 10 8 6 4 2
Printed in Belgium

Si desea más información sobre este libro o sobre otras
publicaciones de Ediciones Norte-Sur, visite nuestra página en el
World Wide Web: http://www.northsouth.com

Estoy enfermo.
El doctor dijo que tengo que estar
en cama todo el día. ¡Qué aburrido!
Lo único que puedo hacer es mirar
por la ventana.

Mira, ése es el doctor.
Nadie se ha despertado todavía.
¿Oyes ese ruido extraño?

Mira, es un avión.

¿Ves la sombra que se mueve sobre el edificio?

Ése es Marcos, mi amigo.

Su mamá está preparando el almuerzo.

Mira, la señora le da comida al pajarito.

Ahora la gente se está despertando.

¿Adónde va ese hombre con las latas de pintura?

Mira, el gato sale por la puerta.
Me gustaría ir a la escuela.

Mira, algunos pájaros se posaron
en la ventana.
Me pregunto de qué estarán hablando.
Ahora hace calor afuera.

Mira, la mamá de Marcos está
colgando la ropa.
¿Por qué se va corriendo el gato?

Mira, un hombre está por
tocar el saxofón.
Y allí viene la Señorita Kellet
con el correo.
Me pregunto si hoy recibiré
una carta de la abuela.

¡Mira, el pajarito se va volando!

Mira, la mujer está muy triste.
Espero que el pajarito vuelva a
su jaula.

Mira, se acerca algo extraño.
¿Oyes esa música?

¡Mira, es el circo!
¡Cómo me gustaría estar en
la calle!

Mira, el mono está tocando el tambor.
¡Qué espectáculo!
Creo que ya me siento mejor.

Mira, el payaso le está dando bolas
a todos mis amigos.
¡Qué suerte tienen!

Mira, la hermana de Marcos
me saluda.

—Te hemos traído una de las bolas que nos dio el payaso. Pensamos que estarías aburrido.

—Gracias, pero no estoy aburrido. ¡Vengan, miren por la ventana!